LES

ARTISTES DU NORD

AU

SALON DE 1866.

LES

ARTISTES DU NORD

AU

SALON DE 1866.

PREMIÈRE ANNÉE.

DOUAI

LUCIEN CRÉPIN, ÉDITEUR

Imprimeur des Sociétés scientifiques et littéraires de Douai

FOURNISSEUR DE LA FACULTÉ DE DROIT

32, Rue des Procureurs, 32.

— 1866 —

LES
ARTISTES DU NORD

AU

SALON DE 1866.

I,

Dans l'Antichambre.

Au moment où je me dispose à franchir les portes du Salon, il me semble entendre ce cri sortir de toutes les lèvres intéressées : *Qui vive ?* ..

Je reste dans l'antichambre pour y répondre.

Qui vive ? — Critique. — Quel régiment ? — La Fantaisie...

Je pourrais m'en tenir à cette brève déclaration, si je ne m'adressais qu'à des artistes. Ils me comprendraient suffisamment, et ma cocarde ne leur serait point un mystère. Mais j'ai d'autres lecteurs que ce laconisme militaire pourrait avoir imparfaitement renseignés sur mes opinions en matière de critique d'art.

Je serai donc un peu plus expansif.

Avez vous jamais rencontré un artiste exposant qui fût pleinement satisfait de la critique ? — Non, n'est-ce pas ? — Je suis de votre avis.

C'est assez vous dire que je ne me fais aucune illusion sur l'accueil probable que mes justiciables réservent à mes appréciations. Je prévois au contraire ce qui m'attend : je serai, comme tous mes co-salonniers en communauté de convictions, traité d'ignare et de profane. Je ne serais même pas étonné que ma condamnation réunît l'unanimité des suffrages. Car, sans parler de la malédiction des artistes qui auront provoqué ma sévérité, mes éloges seront toujours au-dessous de l'exigence et de l'orgueilleux espoir de ceux qui pourront y avoir quelque droit.

C'est dit. Je travaille pour l'ingratitude.

« Vous exagérez vos dangers, » me crie-t-on.

Vraiment ? Eh bien ! je vous crois ; et j'accepte à l'avance, et bien cordialement, tous les démentis que les artistes pourront m'adresser.

En attendant, je dois appuyer mon opinion de quelques explications.

Il y a deux causes principales dans le parti pris des peintres et des sculpteurs à ne reconnaître l'autorité d'aucun critique.

Je devrais dire deux mauvais prétextes.

Ces deux prétextes s'attaquent aux deux caractères différents que peut avoir la critique d'art.

Ou, c'est un écrivain rigoureusement compétent, c'est à dire tenant lui-même le pinceau ou le ciseau, qui exprimera son jugement avec la technologie spéciale.

Ou, c'est un simple littérateur à qui la seule observation a donné de l'expérience, et qui ne consultera dans la traduction de ses impressions, que l'instinct naturel du beau et le sentiment du vrai.

Dans le premier cas, le juge est un pédant, un fruit sec qui se venge, un impotent haineux qui se donne le plaisir de cracher sur le succès des autres.

Dans le second cas, c'est un audacieux bavard qui ne s'entend qu'à la *couleur*.. de la phrase et aux *lignes*... d'un article.

Je l'ai dit d'un mot en commençant, c'est à cette seconde catégorie que j'appartiens.

En effet, je suis si peu familiarisé avec le pinceau, que je n'oserais me vanter de savoir en user même pour vernir mes bottes, en supposant que mes moyens me le permettent, et le ciseau m'est si lourd à la main, que je ferais assurément un casseur de pierres fort pitoyable.

Vous le voyez, on ne peut guère pousser plus loin l'ignorance de la pratique des matières qu'on veut juger.

Mais sous cette couche d'ignorance si complète, savez-vous bien ce que je prétends représenter ?

Mon Dieu ! tout simplement le Public.

Si donc vous étiez logiques, mes chers artistes, c'est à ceux que vous appelez si dédaigneusement des critiques de fantaisie, que vous accorderiez toute votre confiance.

Car, en somme, pour qui travaillez-vous ?

Et surtout, pour qui exposez-vous ?

Ce n'est pas exclusivement pour vos confrères, j'imagine; mais bien un peu aussi pour ce que l'on est convenu de nommer le Public.

Or, le critique de fantaisie — celui qui n'a gâché ni toile, ni marbre, — est justement l'écho sincère, naïf, impartial, des émotions de ce juge suprême, dont vous attendez une bonne partie de vos récompenses morales.

Placé en face de vos œuvres, il ne s'attachera pas à découvrir, avec la loupe du pédantisme, ces *petites bêtes* insignifiantes que le vent d'une phrase technique peut gonfler jusqu'à des proportions éléphantesques. Il ne comptera ni les cheveux de vos bonshommes, ni les feuilles de vos arbres. Il ne se scandalisera pas, enfin, de ces mille riens dont la froide analyse peut tuer en détail une œuvre, quelle que soit la haute valeur de son ensemble.

Ce critique ne vous jugera pas seulement avec des yeux avides de découvrir une paille n'importe où ; c'est à son âme tout d'abord qu'il demandera la vraie mesure de votre talent. Il sait, lui, que vous avez dû mettre, dans votre création, autre chose qu'une habileté de main, autre chose que du mécanisme.

Il sondera votre œuvre pour y trouver la pensée.

Cette pensée découverte, il dira ce qu'elle vaut ; il dira si vous l'avez traduite heureusement, si l'exécution matérielle en a donné une représentation fidèle. Sans parti pris d'école, sans admiration ou sans dénigrement de convention, il se laissera naïvement saisir par vos productions, il s'abandonnera sans résistance systématique aux émotions qu'elles pourront soulever en lui.

Telle est donc la position que je veux prendre vis-à-vis des artistes du Nord, dont je me donne la mission de visiter les œuvres au Salon de cette année. J'ai l'intention de reprendre ce travail à chaque exposition. C'est un projet qui, à défaut d'autre mérite, aura toujours celui de rep ser sur une pensée de décentralisation dont les artistes doivent être les premiers à me savoir gré.

Ainsi, point de vaine parade de connaissances spéciales. Le goût ! Voilà une pierre de touche.

Rassurez-vous, je ne ferai pour personne, de cette pierre, un pavé.

Si ma juridiction ne s'étend qu'à un département, il faut avouer que je suis merveilleusement partagé par la chance. Le département du Nord à lui seul est, en effet, presqu'un Etat sous tous les rapports. S'il efface tous les autres par sa population, son industrie, son commerce, son agriculture, il est encore le premier par les arts.

Le Nord comptait, au salon de 1865, 54 artistes dont les œuvres admises s'élevaient à 85.

En 1866, le nombre des artistes s'est élevé à 57, et les œuvres exposées sont au nombre de 88.

En voici le catalogue :

Peinture.

MM.

Bodin, de Tourcoing. 188 — *Portrait de M. R. D.*, maire de Tourcoing.

Boichot (Mme), de Bouchain. 195 — *Portrait de Mlle B. F.*

Caille, de Merville. 302. — *La Maternité.* 303 — *La Leçon de lecture.*

Cellier Jules, de Valenciennes. 346 — *Portrait de M. Léon N.*

CHAMERLAT, d'Avesnes. 355 — *Baigneuse.* 356 — *Portrait de M. E. D.*

CHÉRIER, de Valenciennes. 392 — *La Visitation.*

CLÈRE, d'Anzin. 412 — *Les deux mères.* 413 — *Portrait de M. G. Tourny.*

COLAS, de Lille. 422 — *Portrait de M. F. L* 423 — *Portrait de M. H. S.*

CONSEIL, de Dunkerque 440 — *Un naufrage sur les bancs de Dunkerque, mer du Nord.*

COROENNE Henri, de Valenciennes 451 — *Bernard de Palissy à la Bastille, visité par Henri III.*

CRAUCK Charles, de Valenciennes. 470 — *Venise au lendemain de Magenta ; les Vénitiens s'arment à l'approche des Français.* 471 — *Le pont de Vérone à Venise ; Vue prise de la maison Catanéo.*

CRESPELLE, de Douai. 472 — *Une femme liée au pied de l'arbre où son mari avait été pendu par ordre du bâtard de Vaurus, gouverneur de Meaux au XVe siècle, est dévorée par les loups.*

DE CONINCK, de Meteren. 514 — *Chasseresse.* 515 — *Deux amis.*

DELIGNE, de Cambrai. 541 — *La lecture.*

DEMAES, de Lille, 522 — *Portrait de M. H. L.*

DENNEULIN, de Lille. 552 — *Un coup difficile.*

DESBROSSES, de Bouchain. 557 — *La Seine à Epône, soleil couchant.*

DIÉRIKX, de Lille. 593 — *Vue prise près de Versailles.*

DURAN, de Lille. 646 — *L'assassiné, souvenir de la campagne romaine.* 647 — *Portrait de M. Édouard R.*

DUTILLEUX (feu Constant), de Douai. 659 — *Chemin au pré l'Archer.* 660. — *Chaumière à Blangy-lès-Arras.*

FILLATREAU, de Cambrai. 714 — *La Reuss, vue prise de la gorge de Schonibruck, route du mont Saint-Gothard.*

GAUTIER, de Lille. 779 — *Un pâturage dans le Nord.*

HARPIGNIES, de Valenciennes 918 — *Le soir, souvenir de la campagne de Rome.* 919 — *Le Vésuve, vue prise de Sorrente.*

HERLIN, de Lille 942 — *Visite au confrère.* 943 — *Enterrement d'un pauvre.*

HOUSEZ, de Condé. 967. — *Jésus et l'enfant.*

LAURENT, de Valenciennes. 1133 — *Moutons aux champs.*

LAUWICK, de Lille. 1136 — *Musulman en prière.* 1137 — *Marchand d'oranges.*

LECONTE, de Douai. 1155 — *Souvenir de la vallée de Cernay.* 1156 — *Un verger.*

LEFEBVRE Adolphe, de Wagnonville. 1163 — *Portrait de Mme ★★★.*

LEMAIRE, de Tourcoing. 1194 — *Le poème maternel.*

LENGLET Alfred, de Douai. 1204 — *Saint-Jérôme.*

LOBBEDEZ, de Lille. 1253 — *Petite italienne à la fontaine.*

MORISOT Edma (Mlle), de Valenciennes. 1413 — *La Rance à marée basse.*

PERRASSIN, de Cambrai. 1519 — *Fin d'automne.*

PETIT, de Douai. 1528 — *La poule aux Œufs d'or.* 1529 — *Un enfant terrible.*

PLUCHART, de Valenciennes. 1569 — *Portrait de Mme la comtesse de B.* 1570 — *Portrait de M. le baron de S.*

SCHOUTTETEN, de Lille 1757 — *Paysage en décembre* 1758 — *Cueillette des fleurs.*

SWYNGHEDUUM, de Brouckerque. 1807 — *Portrait de M. K.*

TEINTURIER, de Valenciennes. 1818 — *Maison de garde dans la forêt de Fontainebleau.*

TOURNEUX, de Banthouzel. 1853 — *La bonne aventure.* 1854 — *Château de Godefroy de Bouillon.*

WAGREZ Edmond, de Douai. 1956 — *Un jeune artiste.* 1957 — *Portrait de Mme N.*

Dessins.

MM.

BROCHART, de Lille. 2091 — *Portrait de* Mlle *R.,* pastel. 2092 — *Le baiser du soleil,* pastel.

HARPIGNIES, de Valenciennes 2276 — *Un village des Flandres,* aquarelle. 2277 — *Vue prise dans les jardins de l'Académie de France, à Rome,* aquarelle.

LENGLET, de Douai. 2359 — *Portrait de* Mme *de la B.,* dessin.

PERRASSIN, de Cambrai. 2482 — *Intérieur en Catalogne,* aquarelle. 2483 — *Braconnier catalan,* aquarelle.

Sculpture.

MM.

AUVRAY Louis, de Valenciennes. 2622 — *Tête de vieillard*, buste marbre.

BIFROYEK, de Lille, 2638 — *La ville de Lille et les communes annexées*, groupe, plâtre.

CARPEAUX, de Valenciennes 2667 — *La France impériale portant la lumière dans le monde*, etc , modèle de fronton. 2668 — *Le Prince impérial*, statue plâtre.

CORDIER, de Cambrai. 2700 — *Femme arabe*; statue, bronze, émaux et onyx. 2701 — *Femme transtevérine*; buste, marbre.

CRAUCK, de Valenciennes. 2707 — *Fronton de la manufacture impériale de Sèvres*, modèle, plâtre. 2708 — *Portrait de M*ᴵˡᵉ *L.-E. Pélissier, de Malakoff*, buste, marbre.

DELETREZ, d'Orchies. 2724 — *Portrait de M****, buste, plâtre. 2725 — *Portrait de M****, médaillon plâtre.

DOUBLEMARD, de Beaurain. 2739 — *Portrait de M*ᵐᵉ *Sarah Félix*, buste, terre cuite. 2740 — *Portrait de M. Coquelin*, de la Comédie-Française; buste, terre cuite.

HUIDIEZ, de Lille. 2820 — *Portrait de M****, buste, plâtre.

TRUFFOT, de Valenciennes. 2989 — *Tête d'étude*, plâtre.

Architecture.

MM.

DEVREZ Désiré, de Douai. 3031 — *Le mont St Michel*, six dessins.

DROUX, du Quesnoy. 3032 — *Projet de palais à ériger au bois de Vincennes pour l'exposition universelle ; trois châssis.*

GUILLAUME Edmond, de Valenciennes. 3038 — *Peintures de la chambre noire* à Pompéi. 3039 — *Peintures de la maison dite des Chapiteaux colorés*, du *Temple d'Isis à Pompéi, et du musée de Naples.*

PARENT, de Valenciennes. 3057 — *Restauration et décoration des façades du Château d'Esclemont* (Eure-et-Loir). onze dessins. 3058 — *Projet de construction de maisons sur la place Vauban ;* trois châssis.

Gravure.

MM.

DESWACHEZ, de Valenciennes. 3127 — *La mouche*, d'après Bida. 3128 — *Namouna*, d'après Bida.

LEROY, de Lille 3180 — *Portrait de femme*, d'après un dessin de Léonard de Vinci.

Envois de Rome.

MOYAUX, d'Anzin, architecte, prix de Rome 1861. — 3334 — *Le Parthénon*, six dessins.

Je me suis un peu oublié dans l'antichambre, et pourtant je ne crois pas avoir bavardé inutilement.

Maintenant, j'essuie mes pieds, on m'ouvre le salon.

— Qui aurai-je l'honneur d'annoncer, monsieur ?.....

— Annoncez...   TURBA.

II.

Le Salon.

L'ordre al, habétique me conduit devant le portrait en pied du maire de Tourcoing, par **M Bodin.** La tête est réussie, lumineuse à souhait, peinte avec beaucoup de soin. Ce soin excessif, que j'appellerais volontiers l'honnêteté du pinceau, a été prêté, d'ailleurs, avec la même conscience, au reste du corps et aux accessoires. C'est là précisément le défaut de la composition considérée dans son ensemble, en ce sens qu'il s'y répand une monotonie qui amène l'ennui du regard. Les membres, les vêtements, les détails décoratifs sont disposés avec cette symétrie glaciale qui accuse trop visiblement la préméditation des petits effets : c'est la pose d'un bourgeois qui se tient à quatre, pour conserver son immobilité devant l'objectif d'un photographe. Le peintre semble dire à chaque instant : « Ne bougeons plus » Et, en effet, M. le maire est sans mouvement.

Le portrait de Mlle B. F., par **Mme Boichot**, dénote de la souplesse dans l'exécution ; une touche délicate a su lui donner tout ce qu'il faut de vie pour en faire une œuvre fort estimable.

Deux toiles lilliputiennes, de celles qu'on peint avec un cheveu et de la patience, composent le lot de **M. Caille.** Chacune d'elles représente un modeste intérieur égayé par une mère et ses deux enfants. Dans *La Maternité*, c'est un baby que le sommeil a surpris sur le giron maternel ; il dort, rose et joufflu, avec tout l'abandon de l'innocence. Dans *La leçon de lecture*, le baby est au berceau, et la mère est occupée à faire entrer l'alphabet dans la tête éveillée de sa fille aînée. Le mouvement du bras droit est d'une grâce exquise chez cette institutrice primitive qui indique les lettres avec la pointe d'une aiguille à tricoter.

M. Jules Cellier, en attaquant le portrait de M. Léon N .., devait avoir conscience des difficultés que lui offrirait ce modèle d'une certaine délicatesse. Car ces difficultés, dont il est sorti à son honneur, n'ont pu être si bien vaincues que parce qu'elles ont été étudiées et comprises avant de les affronter. Le portrait d'un honnête et simple bourgeois se fait avec confiance ; on en sort toujours. Mais quand sur le masque du type s'épanouit l'intelligence et court l'esprit, le pinceau a le devoir de viser à autre chose qu'à faire une tête bien propre et bien peignée. La physionomie populaire de M. N... exigeait donc que l'artiste tirât de sa palette une certaine dose de sentiment ; il fallait qu'il mît dans l'œil et dans le pli des lèvres cette fine expression que toutes les connaissances de M. N... n'auraient pas manqué d'y chercher. M. Cellier a traversé l'obstacle avec un plein succès. Sous le modelé vigoureux de la figure, il a appliqué le vrai caractère de ce magistrat dont la robe austère habille quand même un homme d'esprit. Regardez le attentivement dans sa tenue sérieuse et officielle, vous vous apercevrez qu'il sourit en dedans.

Est-ce bien le même **M. Chamerlat,** qui a fait cette *Baigneuse* et ce portrait de M. E. D. ? J'ai toutes les peines à croire que le même artiste puisse faire à la fois

.et si bien et si mal. En effet, je ne saurais marchander mes éloges à l'égard du portrait que je trouve peint du haut en bas avec une irréprochable harmonie, avec cette rigoureuse honnêteté dont je parlais tout à l'heure. S'il n'y a point de ces qualités qui empoignent, il n'y a pas non plus de ces taches qui puissent justifier le mécontentement des plus difficiles.

La Baigneuse, au contraire, appelle toutes les sévérités de la critique, sans laisser la plus petite place à l'indulgence. C'est une jeune fille de 8 à 10 ans, à l'air souffreteux et suppliant, d'un type vulgaire, sans nulle grâce, sans fraîcheur, et qu'on dirait, si l'on ne se rappelait son âge, obsédée par une pensée de suicide. Elle est visiblement boiteuse, et, à sa manière de s'appuyer sur un rocher à perruque mérovingienne, il semble qu'elle cherche sa béquille pour entrer dans l'eau. Le paysage est ridiculement faux. La mer a cette phosphorescence de clinquant qui me rappelle la chûte du Giesbach, à minuit, éclairée par un feu vert de Bengale.

La *Visitation*, de M. **Chérier**, rappelle la naïveté des peintures primitives. Le ton général en est terne et froid. Pas un point, dans cette longue toile, qui s'offre, comme une oasis, au regard condamné à se promener sur un désert. Partout une symétrie désespérante, surtout dans le nuage qui ressemble à une guirlande de carton nettement découpée avec des proportions mathématiques. Après tout, un sujet religieux de la nature de celui qui est traité par M. Chérier, peut expliquer cet excès de vague dans l'ensemble, et j'ai presque l'envie d'excuser ce peu d'effet d'une toile à la fois si propre et si peu émouvante.

Du vert, du rouge, du jaune, se disputant à qui lancera la note la plus élevée de la gamme, voilà ce qui frappe tout d'abord dans les *Deux mères*, de M **Clère**. Si l'on parvient à laisser de côté ces tons tapageurs, on distingue deux enfants nus qui ont certainement devancé la date réglementaire de leur éclosion, tant ils sont inachevés, et tant aussi la vie paraît absente de leurs chairs. Les deux femmes seules, deux italiennes, ont quelque grâce dans la tête : le regard de celle qui allaite son fils tombe assez naturellement sur le fruit assurément indigne de ses entrailles ; l'autre femme, dans la demi-teinte, est fort belle de ton et d'expression.

Du reste, si je refuse à M. Clère un témoignage de satisfaction complète pour son tableau des *Deux mères*, il est loin de ma pensée de ne point accorder à cet artiste un talent très-sérieux. Je ne demande du reste beaucoup qu'à ceux qui me semblent assez riches pour pouvoir donner beaucoup, et M. Clère est incontestablement de ceux-là.

Le portrait de M. Tourny, du même artiste, est bien fait pour donner une excellente idée de ce talent : c'est crânement touché, solide de ton et d'une grande finesse d'exécution.

Le plus souvent, et cela est assez naturel du reste, un naufrage se compose d'un ciel noir, d'une mer en furie et d'un navire plus ou moins à son aise devant ce sévère visage de la nature. C'est ce qu'a fait M. **Conseil**. Ses nuages sont lugubres au possible, sa mer se démène suffisamment, au point d'en perdre un peu trop sa transparence, enfin son navire ne me paraît pas trop rassuré. Ces trois points acc rdés à M. Conseil, j'ajouterai que le théâtre où se joue son drame manque essentiellement d'horizon; sa petite éclaircie de droite est loin d'élargir à souhait ce cadre qui s'app lle la mer Son nuage chargé d'électricité forme trop rideau ; à distance, on dirait un rocher contre lequel va se briser son bâtiment en détresse.

Et pourquoi M. Conseil veut-il que son naufrage ait lieu dans la mer du Nord plutôt que dans la Baltique par exemple? J'ai vu l'une et l'autre dans leurs jours de colère, et, franchement, sans l'étiquette, je n'aurais pu dire : c'est celle-ci ou bien celle là. Au demeurant il y a dans ce tableau d'excellentes qualités que l'artiste pourra appliquer plus heureusement dans d'autres marines.

On trouve plaisir à s'arrêter devant les deux portraits exposés par M. **Colas**. On y sent le talent et l'expérience d'un artiste de valeur. Aussi habilement touchés l'un que l'autre, et aussi vivants, il ne me serait possible d'en comparer la réussite respective, en ce qui concerne la traduction morale des modèles, qu'autant que je connaîtrais ces modèles. Et pourtant, à l'expression et au mouvement de ces deux têtes, je ne crois pas trop me risquer, en affirmant qu'elles doivent avoir le caractère propre des personnes qu'elles représentent. La main qui a peint ces physionomies a nécessairement tout ce qu'il faut pour forcer sa palette à ne lui faire dire que la vérité. Toutefois, si je voulais, en dépit de ma profession de foi, jouer au critique méticuleux, je pourrais reprocher au peintre quelques négligences dans les détails, par exemple dans les mains de M. F. L. Mais, je l'ai dit, je ne veux pas que la bonne impression qui me saisit du premier coup, perde de sa franche saveur, par le mélange de ces fades observations qui tombent comme l'insipide et nuageux orgeat dans l'eau saine et âpre de la source.

M. Corocnne a exposé une œuvre qui s'impose à l'attention des visiteurs et qui les arrête. Ce flatteur privilége est doublement justifié par l'attrait du sujet et par une exécution remarquable.

Bernard de Palissy, un des grands hommes qui honorent le plus la France par le savoir et le caractère, est à la Bastille, où l'a conduit son attachement aux doctrines des réformés. L'artiste nous le montre au moment où Henri III tente personnellement une suprême démarche auprès de son prisonnier, pour l'engager à abjurer ses croyances. Palissy repousse fièrement les propositions du roi.

Cet incident historique, qui marqua les dernières heures du plus noble et du plus sympathique génie, a été dramatisé d'une manière saisissante par le peintre. Palissy assis sur le grabat de son cachot, soutient de sa main gauche son corps fatigué et défaillant, et, de la droite, il fait un geste négatif qui dépeint éloquemment son inébranlable résolution. Sa tête, belle et énergique, achève de donner, par une mâle expression, toute la fermeté possible à sa réponse. On sent que, devant cette attitude, le roi n'a plus qu'à se retirer. Ce refus d'abjuration se lisait d'ailleurs sur le visage du cardinal dont Henri III a pu très bien se faire accompagner dans cette mission d'honorable condescendance ; ce visage répond par l'insolence et la pitié dérisoire au dernier mot de Palissy ; il semble dire : « Pauvre fou ! »

Cette scène parle donc aux yeux ; et, pour peu qu'on ait présent à la mémoire ce feuillet historique, on assiste à cette lutte morale engagée entre une grande âme victime et un souverain qui sent le poids d'une immense responsabilité.

Cette composition, si bien réussie dans cette partie idéale, a reçu une exécution digne du sujet qu'elle comporte. M. Coroenne appartient, par sa manière large et vigoureuse, par ses études sérieuses, par son intelligence du vrai et du beau, dans leur plus saine manifestation, à ce groupe d'artistes courageux et militants dont nous devrions faire le plus grand cas. Il produit de la vraie peinture, de celle que l'on fait avec la passion forte et honnête de l'art pour l'art, de celle enfin qui conserve religieusement le germe des meilleures traditions C'est un lutteur convaincu pour l'art, dans ce que l'art a de plus noble et de plus élevé.

Champions dignes et méritants que ceux qui combattent pour les grands côtés d'une cause et qui la défendent dans ses principes les plus purs !

Il n'est pas besoin d'une clairvoyance extraordinaire, pour voir et sentir les qualités primordiales qui distinguent la toile de M. Coroenne. Sans m'arrêter au ton solide qui la caractérise, je vois pour ainsi dire la pensée s'échapper de l'extrémité de la brosse, à chaque coup qu'elle va, sous une main vigoureuse et décidée, frapper la place qui demande de la vie. La tête et la charpente de Palissy sont particulièrement bien traitées : c'est la chair affaissée du vieillard, mais avec la puissante ossature qui lui est reconnue; c'est l'annihilation prochaine de la matière, sans l'extinction de la pensée ; c'est la couleur d'un beau coucher d'existence, non encore celle de la mort.

Le succès mérité qu'obtient cette belle page, non seulement devant la foule, mais aux yeux des juges d'une
irrécusable compétence, ne saurait manquer d'être com-
plété par la décision du jury. Je l'attends avec confiance.

J'ai emporté le plus agréable souvenir de la vue des
deux ouvrages de M. Charles **Crauck**. Dans *Venise au
lendemain de Magenta...*, il y a du mouvement dans le
groupe des acteurs, et une teinte fauve très-juste, très-
propre au sujet, habilement obtenue de la lutte des té-
nèbres avec la lueur d'une torche fumeuse. Je sais gré à
l'artiste d'avoir su éviter l'exagération, ce qui est une
estimable victoire dans un sujet qui prêtait d'autant plus
à un entraînement outré, que la fibre patriotique poussait
à toutes les hardiesses de l'enthousiasme.

En effet, l'écho a porté jusqu'à Venise la voix de nos
canons libérateurs ; l'heure de la délivrance pourra également sonner pour les fils de saint Marc ; ils préparent leurs
armes pour nous aider dans la réalisation de ce rêve na-
tional. Mais leur rôle est encore celui de conspirateurs.
C'est en silence, pendant la nuit, sous les voûtes sombres
qui s'ouvrent sur le canal, que les armes sont tirées du
fond des gondoles et distribuées avec de mystérieuses précautions.

Cet épisode isolé, d'un titre un peu trop ambitieux,
est rendu, je le répète, avec une poésie saisissante. Les
personnes se meuvent ; l'eau clapote bien sur les flancs
recéleurs de la *Speranzia di Venezia*. Cependant la
partie architecturale de l'œuvre est d'une exécution un
peu molle ; il y a du coton sur ces murailles délabrées ; ce
sont des feuilles de ouate que ces plâtras salpêtrés.

Le *Pont de Vérone* plaît à première vue par ce réjouissant contraste de la lumière au front des maisons et de la pénombre aux étages baignés par le ca. al. C'est un coin plein de vie de cette cité chère à nos romanciers et non moins chère, hélas ! aux Autrichiens. L'eau est bien transparente ; les petits personnages forment un incident d'une animation charmante, et achèvent de répandre sur l'ensemble une couleur locale qui a l'excellent mérite de la vérité.

Le drame de **M. Crespelle** est noyé dans la lumière pâle de la lune. Une femme nue, attachée au tronc d'un arbre énorme, les mains derrière le dos, est entourée d'une demi-douzaine de loups dont le poil hérissé et la gueule entr'ouverte trahissent suffisamment les intentions. Vous vous figurez l'attitude de la femme ainsi menacée. Effectivement, elle fait une grimace affreuse. Il est possible que la peur se traduise sur le visage par des contorsions aussi laides, mais je ferai remarquer à M. Crespelle que sa victime eût été bien plus intéressante, s'il lui avait donné une figure moins commune, moins épouvantable, — ce qui ne l'eût pas empêché de nous la montrer tout aussi épouvantée. Je reprocherai également à l'artiste le peu de vérité de la couleur ; il domine dans sa toile un ton violacé qui choque comme un gros mensonge.

J'ai encore la bonne fortune de me trouver en face d'un peintre qui appartient à la bonne phalange, c'est **M. de Coninck**. Il y a de bien belles qualités dans ses deux ouvrages : *Une Chasseresse, Deux amis.*

Sa chasseresse, nue, assise sur un petit tertre, avec quelques oiseaux morts à ses pieds, est dans l'attitude guerroyante ; elle est en train de décocher une flèche dans un ténébreux fourré. Les chairs sont bien étudiées et très-transparentes, les jambes sont souples et vivantes, le sein est d'un ton charmant.

Cette largeur de touche et cette solidité de ton ne sont pas moins remarquables dans les *Deux amis*, un petit savoyard et sa marmote, dont certaines parties sont enlevées d'une main vraiment magistrale.

Petite peinture, j'allais dire petit pastel, d'une petite valeur, que *La Lecture*, de **M. Deligne**. C'est un enfant, les yeux fixés sur un livre ouvert. Ton gris et exécution timide.

Le Coup difficile, de **M. Denneulin** se présente dans un cabaret flamand où la chope et la chaufferette ont naturellement leur place. Deux joueurs de piquet sont attablés : l'un d'eux se trouve devant la difficulté de former son écart ; il se gratte la tête comme pour en faire sortir l'inspiration. Une galerie de braves paysans s'intéresse à cet accouchement laborieux. En dehors du mérite de l'observation et d'une mise en scène pittoresque, ce petit tableau a une valeur médiocre. Couleur grise et exécution naïve.

Le paysage de **M. Desbresses**, *La Seine à Epône*, est d'un très bel effet ; la couleur en est vigoureuse. Je demanderais un peu plus de finesse d'exécution. En somme cette toile est remplie de promesses.

Il me paraît y avoir assez d'étoffe en M. **Diérickx**, pour regretter que cet artiste n'ait produit qu'une toile grande comme la main. Son petit paysage est d'un beau

ton. J'aime surtout sa verdure et son moulin. Tout eût
été pour le mieux, s'il avait jeté un peu de son talent par-
dessus ce moulin, car son ciel est bien moins réussi.

L'*Assassiné*, de M. **Duran**, est une des toiles les plus
importantes du Salon, par ses dimensions et par le talent
qui s'y révèle.

Un homme de la campagne de Rome, en pleine jeunesse et en pleine force, vient de tomber sous le couteau
d'un assassin ; il est relevé et déposé sur une civière ; la
foule accourt et contemple avec effroi cette sympathique
victime ; déjà, des membres de la Confrérie de la Mort
s'approchent précédés de leur sinistre étendard.

Les grands rôles de ce drame sont attribués à la fiancée
et à la mère du pauvre garçon : la première s'est jetée sur
le corps blême et ensanglanté de son bien-aimé ; la mère,
à demi-tuée par la douleur, tombe à la renverse dans les
bras d'un homme, son mari probablement.

Cette scène est largement rendue, le personnel en est
groupé avec une heureuse harmonie ; il y a du mouvement
dans ces témoins empressés, de l'affliction vraie au milieu
de cette curiosité. Il y avait, dans l'exposition de ce lugu-
bre événement, à éviter les embûches de l'exagération,
les trivialités du mélodrame ; M. Duran a bien compris
cette difficulté de sa composition, il est resté dans une
sage sobriété de gestes et de manifestations douloureuses.

Il fallait un tempérament énergique et un courage plein
de virilité, pour se planter en face d'une pareille toile. Le
triomphe du peintre a donc une haute valeur. C'est un
artiste sur la tête duquel on peut placer beaucoup d'espoir. Le jury manquerait à sa mission, s'il n'encourageait
pas dès aujourd'hui cette main ferme et ce cœur si bien
trempé.

Le portrait de M. Edouard R. . est peint avec cette
même franchise et cette brusque décision qui dénotent de
la puissance. Il faudrait peut-être un peu plus de finesse
et de poli dans un portrait; mais cette qualité ne pourrait
guère se concilier avec l'élan primesautier qu'on remar-
que dans la nature du talent de M. Duran.

M. Dutilleux n'est plus là pour recueillir les juge-
ments d'ici-bas. Poète de la palette, il a dit le chant du
cygne.

Cet artiste, qui a honoré l'art, pouvait l'honorer et le
servir longtemps encore; mais la mort ne s'arrête pas à
ces considérations : elle n'a de sympathies pour personne,
elle frappe à tort et à travers, sans peser la valeur de ses
victimes. Peu lui importe que ce soit un front d'artiste
qu'elle atteigne ou un crâne vide qu'elle brise. Dutilleux
est tombé sous un de ces coups si cruellement fortuits;
il est tombé quand sa pensée et son talent étaient dans
toute leur sève et dans toute leur mâturité pour continuer
la lutte.

Repose paisiblement, digne et vaillant champion, sous
l'auréole pure que ton œuvre fera longtemps irradier sur
ta tombe.

Les deux toiles par lesquelles Dutilleux vit encore, cette
année, au milieu de ses co-religionnaires artistiques, ont
le charme de toutes ses productions antérieures. Il semble
qu'aucune terreur prémonitoire ne l'ait pressé pour les
parfaire, tant il est évident qu'il a pris le temps d'y mettre
encore toute sa conscience. Le *Chemin au pré l'Archer*
a d'excellentes qualités, on y court, on s'y enfonce Mais
que j'aime surtout à gravir ces marches agrestes, creusées
dans la montée, et à m'arrêter à cette chaumière de

Blangy, si bien plantée dans la feuillée qu'on dirait un nid de la façon de nos petits architectes aériens ! Délicieuse églogue !

Ce n'est plus qu'à une âme que j'adresse cet hommage; mais croyez-vous qu'elle ne m'entende pas? Croyez-vous que cette âme, artiste au-delà comme en-deçà de la tombe, ne se plaise pas toujours à errer dans le milieu sympathique où elle se trouvait hier? Le spiritisme croit à ces revenances. Sans compter dans la nouvelle église, moi, j'y crois aussi. Et voilà pourquoi je traite Dutilleux en vivant.

M. **Fillatreau** a bien vu et bien senti le sublime pays dont il nous montre un morceau. Ce souvenir alpestre, qu'il intitule *la Reuss*, est bien vivant; il a enveloppé ses montagnes de tout cet air limpide qu'on y respire, et il a rejeté son horizon dans cet infini étincelant où le regard va puiser tant d'étonnements et d'admirations. L'eau de son torrent écume, impatiente et fâchée, sur un lit peu sybaritique, comme en savent faire les avalanches ; les flancs de ses rochers ont l'aspect granitique et désolé de ce coin de la nature. Cet ensemble, enfin, est un écho fidèle de la grande poésie sauvage qui parle si haut sur la route du Saint-Gothard.

Mais quittons ces régions féeriques, et descendons dans cette plaine si prosaïque, mais si riche, du Nord, où le promeneur peut s'aventurer sans alpenstock. Suivons M. **Gautier**, dans son *Pâturage*. Ici, les arbres se comptent, — il y en a quatre ! La pierre abrupte et grise y est remplacée par une herbe grasse et appétissante. Aussi, voyez comme ces trois vaches s'y arrondissent !

Elles sont belles de formes et de couleur, ces trois fécon-
des nourrices ; une surtout, noire et blanchâtre, est habil-
lée d'une peau que la main est tentée de caresser.

Cette toile a toute la simplicité locale ; c'est une œuvre
travaillée avec ardeur, avec amour. Je la prise très fort,
et je sais à M. Gautier un gré infini d'avoir peint notre
pays dans sa brutale vérité et dans sa prosaïque luxuriance.
C'est un artiste qui voit juste : composition et couleur,
tout est exact.

Ces peintres nous font voyager avec une rapidité élec-
trique. J'étais tout à l'heure au pays des glaciers et des
moraines ; je le quitte pour la patrie de la betterave, et
me voici, avec M **Harpignies**, sur la terre du maca-
roni.

Je ne m'en plains pas. J'éprouve un charme indicible
à me perdre dans cette campagne romaine, que *Le soir*
enveloppe d'une poésie vague et sereine. Il y a dans ce
site voilé et profond un calme pénétrant ; on sent autour
de soi un silence qui pousse à la rêverie. C'est à regret
que, pour formuler mon impression, je laisse tomber de
ma plume des termes de métier, tels que ton corsé, solide,
exécution délicate. Que j'aime bien mieux dire à M. Harpignies les plaisirs de la réalité dans l'image dédalienne
d'une promenade illusoire !

Je n'accorde pas tout à fait autant de prix à son tableau : *Le Vésuve*. Je lui trouve moins d'éclat, et relati-
vement moins d'étendue. Les plans lointains ne reculent
pas assez derrière la ligne méditerranéenne Il y a surtout
l'arbre du premier plan qui me paraît dur et qui ne per-
met pas à mon regard d'aller se reposer comme il le
voudrait.

M. Herlin pince de préférence la corde de la fantaisie morale. Il en fait vibrer des notes assez justes. Il y a tout un poème campagnard, bien vrai et bien intéressant dans *sa visite au confrère*. Deux braves curés de village sont arrivés, par un soleil de juillet, sur le seuil de l'humble presbytère d'un confrère du voisinage. L'un d'eux frappe à la porte. L'autre, à la mine joufflue et réjouie, a jeté par terre, en attendant que la vieille Marianne soit venue ouvrir, sa valise et son grand parapluie vert ; il est en train d'éponger avec son mouchoir la sueur qui inonde sa bonne grosse figure. Il est heureux de ne plus marcher et il lui tarde de pouvoir se rafraichir avec la bouteille de derrière les fagots.

Cette petite scène, facilement achevée par l'imagination de quiconque la regarde, est scrupuleusement respectueuse et d'un pittoresque sagement allié au bon goût. La couleur est bonne, à cela près que les joues du gros curé sont un peu trop vermillonnées.

Le second sujet de **M.** Herlin ne répond pas très fidèlement à son titre : *Enterrement d'un pauvre*. On voit très bien à la mise en scène primitive du convoi, qu'il ne s'agit pas de préparer le souper d'un mort de volée sénatoriale, mais on voit également qu'il est plutôt question d'une cérémonie très commune au village, dans la classe laborieuse de la *mediocritas aurea*. Votre enterrement, — pardon celui que vous représentez — sent la simplicité, mais non cette pauvreté qui implique un sentiment pénible dans l'âme du spectateur. Pour moi, je ne saisis rien de navrant dans cette bière convenable, recouverte d'un poêle fort propre, dans ces voisins complaisants qui se chargent, selon la coutume, des détails de la levée du corps, dans cette femme priant sous son mantelet d'indienne, dans ce prêtre, enfin, qui dit fort patiemment l'oraison suprême sur le seuil de la chaumière. Tout cela, bien au contraire, est riche de modestie et de patriarchalisme. Ne changez pas votre tableau, M. Herlin, changez-en le titre involontairement prétentieux. Voyez l'importance de ce détail : vous avez le choix de passer pour un philosophe qui a mal interprêté ou pour un observateur de mérite.

Il y a deux excès dominants dans le tableau de M. **Housez**, *Jésus et l'enfant* : excès de mysticisme, excès de couleur. La nature en est complètement absente, mais j'y trouve une immense facilité de pinceau. Peut être les deux excès que je relève ne proviennent-ils que de l'abus de cette facilité. Dans son aisance à promener la brosse, M. Housez n'a pas pris garde qu'il étouffait la nature sous l'idéal et que sa couleur prenait des tons ardents d'une invraisemblance choquante.

Moutons aux champs. Est-ce bien du mouton que nous sert M. **Laurent** ?... Puisqu'il nous l'assure, je veux bien le croire. Mais qu'il efface son étiquette, tout le monde dira de cet animal du premier plan : c'est un petit chameau qui cherche sa mère. Dur, sec, gris, ce paysage.

Je devais en voir — des chameaux. J'en aperçois au loin, dans l'horizon clair et plein d'étincelles du désert où M. **Lauwick** a placé son *Musulman en prière.* Mais il y a aussi, plus près de moi, une mule qui contemple, d'un air naïvement questionneur, le fils de Mahomet dont le front est dans la poussière ; et cette mule est divertissante dans sa pose en point d'interrogation.

Cette toile n'est point de l'orientalisme de pacotille; elle a un cachet local très-prononcé : devant cette lumière de diamant, les yeux cherchent instinctivement des lunettes vertes, et dans cette atmosphère cuisante on pense à la vertu rafraîchissante de l'orange.

Justement, M Lauwick a prévu le cas. Il nous présente un *marchand d'oranges*. Mais je ne toucherais pas, pour toutes les obligations mexicaines — oh non ! — à la marchandise de ce vieux mécréant qui, accroupi d'une façon indécente, pousse l'imagination à prêter à ses oranges, éparpillées sous lui, la source la plus étrange et la moins végétale.

M. Leconte a deux paysages dont le seul mérite est d'accuser de consciencieuses études. Ce serait parfait, si cet artiste pouvait ajouter au dessin exact et brutal de la nature, l'air et 'a lumière qui font la vie des objets. Ce pinceau est lourd encore à la main de M. Leconte; il en est toujours au travail d'un bon élève.

Le portrait de Mme ***, par M. **Lefebvre**, est bien modelé, la vie y circule ; un peu moins de demi-teinte, et il produirait un effet plus agréable.

Une mère laissant jouer son baby avec ses cheveux, c'est ce que M. **Lemaire** intitule : *Le poème maternel.* Si la mère jouait, au contraire, avec les cheveux de son enfant, ne serait-ce pas tout aussi bien *le poème maternel?* Un titre faux, comme vous voyez. Vous avez fait un vers, mais non douze ou vingt-quatre chants. C'est, en retournant l'erreur proverbiale, prendre un homme pour le Pirée.

Je sais qu'un titre se change comme un faux col qui ne va pas ; mais pourquoi ne pas l'essayer et le changer vingt fois avant de le laisser imprimer ?

La toile de M. Lemaire est d'un ton séduisant et lumineux qui rachète, autant que cela se peut pour certains yeux, une assez grave incorrection de dessin.

Le *Saint-Jérôme*, de M. **Lenglet**, est une excellente et très consciencieuse étude, d'un bon dessin ; la nature y est bien sentie. La couleur manque de fraîcheur. M. Lenglet est à ses débuts, m'assure t-on. On ne pourrait rien lui demander de plus que les bonnes promesses qu'il nous donne.

J'en demande pardon à la *Petite Italienne*, de M. **Lobbedez**, mais je suis obligé de lui dire qu'elle pose avec la raideur automatique du mannequin. Il est vrai qu'elle ne peut donner que ce qu'on lui prend, la pauvre petite. C'est donc à M. Lobbedez que je recommanderai de ne pas métamorphoser ses modèles en statues de sel bleu et rouge. Voilà une petite toile merveilleusement travaillée, j'en réponds. Mais, que diable, ne vous laissez pas si complètement absorber par l'exécution purement matérielle de votre œuvre ; regardez-la de temps en temps avec votre pensée, interrogez-en les effets. Dites-moi, où voulez-vous placer cette montagne, par exemple ? Pas sur le dos, j'imagine, de cette enfant qui n'a rien d'Atlas ? Elle s'y trouve pourtant, à peu de chose près. Et cette enfant, que vous dites *A la fontaine*, est bel et bien en face de votre chevalet, vous demandant : « Ai-je assez bien l'air d'un sujet de faïence ? »

Si ce paysage, *La Rance à marée basse*, porte la signature d'une femme, **Mlle Morisot**, il révèle, au contraire, dans toutes ses parties. l'empreinte d'un tempérament viril. Il est traité largement, et sa couleur est remarquablement solide.

Elle est également bien réussie, cette *Fin d'automne*, de **M. Perrassi** ; la nature y est saisie sur le vif, avec cette élégie des adieux que racontent les derniers et pâles rayons du soleil.

M Petit est un des innombrables soldats de cette armée dont Meissonnier est le général en chef; en d'autres termes il traite le genre patience, il travaille en *petit*, — Pardon, c'est sans préméditation. Pourtant, si je m'en rapporte à l'un de ses tableaux, *La Poule aux œufs d'or*, cet artiste ne se bornerait pas à reproduire tout simplement les faits et gestes de la vie d'intérieur. Il me semble, en effet, que sa poule couve une tendance à traduire des pensées philosophiques. L'intention me paraît louable, mais M. Petit n'est pas d'un tempérament à réussir dans cette voie. S'il a voulu, pour une fois, essayer ses forces en création, je ne puis que l'en féliciter, car tout effort est méritoire, même s'il est malheureux. Mais que M. Petit laisse de côté, à l'avenir, une prétention qui pourrait lui jouer de très mauvais tours, à en juger par celui dont il est victime dès aujourd'hui.

Si M. Petit a de la modestie, ce qu'indiquerait assez la dimension de ses toiles, il goûtera ma critique, quand je lui aurai mis le doigt sur la base radicalement fausse de son idée prétendue morale.

Exposons d'abord le sujet de son tableau. Un journalier de la campagne vient de terminer une semaine de rudes labeurs ; il est rentré chez lui et la pensée lui est venue de tuer une poule, avec l'intention probable d'en faire son repas du dimanche ; il l'a déposée, saignante, sur sa table. Bientôt le brave garçon aperçoit à ses pieds une coquille d'œuf et quelques poussins. A ce spectacle, le remords le saisit, et sa figure prend une expression qui fait songer à Dumollard : « Diable, se dit-il, je n'aurai plus ni œufs. ni poulets. »

M. Petit ne s'est pas rappelé que les œufs de la fable sont en or pour de bon, ce qui explique la violence du repentir, après l'ambition déçue. La fiction du fabuliste est logique dans les faits et dans la moralité. M. Petit, lui, a plaidé contre une pensée philanthropique ; son tableau est une défense faite à l'ouvrier de manger de la viande. Certes, notre bon Henri IV, qui rêva pour tous ses sujets la fameuse poule au pot. aurait pris cette toile pour une injure personnelle. Seriez-vous moins démocrate qu'un roi ? un artiste !

Après tout, combien vaut cette poule ? Vingt-cinq sous. Que votre ouvrier, en supposant que vous ne songiez pas à lui interdire l'usage de la viande, eût acheté un kilogramme de bœuf, il lui eût coûté trente sous. Avec cet argent, il se procurera, si le cœur lui en dit, une nouvelle poule qui lui redonnera des œufs et des poussins, et il lui restera cinq sous. Donc, il n'y a pas là de quoi se repentir d'avoir tué une poule et poser pour le conspirateur de Venise. Est-là un raisonnement logique ?

Il est impossible, M. Petit, que toutes ces réflexions ne viennent pas à l'esprit de quiconque se donne la peine d'interroger votre innocent criminel. Tout ceci prouverait qu'il faut toujours toucher avec respect aux fables, sous peine d'en recevoir une leçon qui vaut bien un fromage.

Mais voici un article plus long que votre tableau, mon cher peintre, et c'est à peine s'il me reste de la place pour rendre justice à votre exécution bien nette et propre comme un sou.

Très mignon ce petit *Enfant terrible* qui barbouille la toile de son papa. Ici, la pensée se lit couramment, — il n'y en a pas M. Petit reste dans son élément. Il y a au salon un tableau qui ferait un excellent pendant à celui-ci : c'est le singe d'un photographe, qui, voulant opérer comme son maître, commence par verser dans l'objectif un bocal de collodion. Tant il est vrai de dire que les enfants et les singes se ressemblent en plus d'un point. J'aime beaucoup le petit bonhomme de M. Petit.

M. **Pluchart** expose deux portraits bien faits : il y a plus que de la conscience, il y a un talent réel. La robe de Mme la comtesse de B... est d'une richesse de ton qui fait honneur à la palette de l'artiste.

Dans son paysage *en Décembre*, M. **Schoutteten**, a été un fidèle interprète de la nature ; sa neige a la blancheur vraie, et, de toutes parts, on voit scintiller ces reflets cristallins qui caractérisent cette parure hivernale.

Le même artiste nous offre des fleurs qui ont eu la gloire de parfumer le salon d'honneur. Cueillies il n'y a qu'un instant et jetées pêle-mêle dans un panier rustique, ces fleurs ont de l'éclat et de la fraîcheur. Ici encore apparaît la qualité dominante de M. Schoutteten, c'est-à-dire une grande vérité de ton.

Le portrait de M. K., par M. **Swynghedauw**, est bien étudié, dans la tête surtout. Mais c'est d'une touche fort lourde.

Beaucoup de vigueur, manque de finesse dans le paysage de M. **Teinturier**.

Je trouve bien souvent des paysages sur ma route.

En voici encore deux, de M. **Tourneux**. Celui de la *Bonne aventure* est animé par de nombreux personnages. Une famille de bohémiens se repose dans le creux d'un vallon, d'aspect assez sauvage. Des touristes se promènent de ce côté, et il vient à l'idée d'une dame de confier sa main à une bohémienne et de la prier de lui tirer son horoscope. Le premier plan est très-clair et l'exécution en est soignée. Mais le fond est lourd, le ciel est d'un bleu froid et terne. En outre, les costumes pimpants des promeneurs forment un contraste malheureux avec le cadre qui me semble repousser cette coquetterie bourgeoise.

Le *Château de Godefroi de Bouillon* vaut mieux. Cette forteresse, décrépite et massive, est bien assise sur son roc dont le pied est noyé dans la brume naissante. La nuit approche, et le voile crépusculaire qui assombrit le paysage est d'un effet juste.

M. **Wagrez**, ferme la liste des peintres nés dans le Nord. Ses deux portraits sont peints avec beaucoup de talent ; mais, à valeur égale comme habileté d'exécution, je donne mes sympathies au *Jeune artiste* dont la pose a un cachet de charmante originalité. M. Wagrez a su tirer, en maître expérimenté, un très-joli parti de cette

tête intelligente, il a su la faire vivre avec sa jeunesse et
sa gracieuse désinvolture. Cet artiste paraît affectionner
l'aspect vieux-tableau ; je ne lui fais pas un crime de son
goût, mais je lui demande pourtant si Mme N n'eût pas
préféré se voir sur un fond plus flatteur et plus riant.

On me fait justement remarquer que cette galerie de
peintres du Nord serait en quelque sorte incomplète, si
je ne faisais entrer, à l'occasion, les artistes qui ont con-
quis depuis longtemps, parmi nous, le droit de cité.

On me signale, par exemple, **M. Sain** dont l'éducation
artistique s'est faite à Valenciennes, et que la cité de Frois-
sart regardera toujours comme un de ses fils. M. Sain a
en outre séjourné quelque temps à Douai où il a établi,
paraît il, des relations qui ne seraient pas meilleures, s'il
eût sucé le lait de Mme Gayant.

Ce sont là toutes raisons qui m'obligent à parler des
deux tableaux de M. Sain. Douce obligation, ma foi !

En effet, quelque confiance que fît concevoir, pour
l'avenir, le talent bien dépensé d'ailleurs jusqu'ici par M.
Sain, il eût été téméraire de penser à des progrès si rapi-
des et si brillamment accusés Il y a quelque chose comme
dix années d'étude et de pratique constante entre les dernières œuvres connues de cet artiste et celles qu'il a si-
gnées pour le salon de 1866. C'est un bond prodigieux :
encore un miracle de ce soleil napolitain !

Il y a dans les *Fouilles à Pompei* une richesse de couleur et une finesse de touche qui vous font regarder une
à une, avec complaisance, pour les admirer, toutes ces
filles brunes et solides, si gracieuses dans leur force, si
hardies dans leur fière prestance, si naïvement franches
jusqu'au fond de leurs grands yeux noirs.

Pour peu qu'un visiteur n'ait pas un cœur d'acier, il s'arrête, pour lui conter deux mots, devant cette *Kiarella*, une perle que M. Sain nous a expédiée de Capri. Belle fille, par Saint-Janvier ! qui a de tout à revendre, de la distinction, de la santé, de la vigueur, des cheveux. . et le reste. Cette tête délicieuse est comme noyée dans les vagues dorées de la lumière du midi. L'artiste a pétri des rayons de soleil avec sa couleur, pour nous donner ces tons chauds et éclatants, et, pour arriver à cette expression pleine de charme, il y a ajouté quelque chose d'une âme de poète.

—

La section de dessin comprend quatre numéros.

M. **Brochart** a mis dans le portrait de Mlle R.... tout ce que le pastel a de tons flatteurs et de nuances vaporeuses. Je ne doute pas de la beauté de Mˡˡe R...; mais ce dont je ne suis pas bien certain, c'est qu'on puisse avoir cette carnation rose et transparente. C'est du sucre ce joli portrait ; il fondrait si on le touchait des lèvres.

J'en dis tout autant de cette nuageuse image que M. Brochart appelle le *Baiser du soleil.* C'est frais et coquet, mais la nature n'a rien à voir là-dessous.

M. **Harpignies,** qui a déjà un lot si remarquable dans la section de peinture, complète son exposition par deux aquarelles dont l'une est un léger souvenir des jardins de l'Académie de France à Rome. L'autre est un village de notre contrée ; il y a dans ce petit cadre un sentiment local qui nous parle vraiment du pays : je me plais à deviner par-delà cette côte toutes ces chaumières où il y a tant de cœurs bons et simples. Car, ici, M. Harpignies tout en donnant peu, a le talent de nous forcer à deviner beaucoup.

Il y a un très bel effet de nuit dans le *Braconnier catalan*, de M, **Perrassin**. Tout s'estompe avec cette indécision naturelle qui est bien le caractère des objets vus sous la lumière vaporeuse de la lune et des étoiles.

J'aime aussi ce petit *Intérieur de Catalogne,* dans lequel une fenêtre distribue le jour avec une heureuse harmonie, en nous montrant tout d'abord la silhouette de la senora qui tient en main la mandoline obligée.

Ce portrait de dame âgée, par M. **Lenglet** — déjà nommé à la peinture — est très habilement dessiné. Chaque coup de crayon est vivement et adroitement porté. On ne saurait dire plus de choses en si peu de *lignes.*

———

Je ne saurais aborder la sculpture sans émettre, comme tout le monde, ma petite observation sur l'emplacement qu'on lui a assigné cette année. Ce n'est pas elle qui se douterait qu'elle est dans un *palais*, comme l'indique, sur le fronton, une enseigne qui serait inutile si le vin était bon. Le vin est donc très mauvais pour la sculpture qui se trouve tout bonnement dans une écurie. Et, coïncidence bizarre, ce sont des chevaux — exposés — qui ont donné à la sculpture ce coup de pied de l'âne, et qui l'ont chassée de son domaine habituel. Raisonnablement, on ne pouvait pas mettre les chevaux à l'écurie... La sculpture, à la bonne heure !

Cet emplacemet indécent importe peu à M. **Carpeaux**, j'en suis sûr, dont l'œuvre achevée — car nous n'avons ici que le modèle — est plus dignement exposée aux Tuileries, sur ce pavillon de Flore dont elle décore un des frontons, celui qui regarde le quai. M. Carpeaux a représenté la France impériale portant la lumière dans le monde et protégeant l'Agriculture et la Science. La France est assise sur un aigle colossal aux ailes éployées, qui l'emporte dans sa course civilisatrice ; sa main droite tient élevé le flambeau du progrès ; à ses pieds, de chaque côté, sont étendus dans une attitude sereine et réfléchie, deux personnages aux formes athlétiques, symbolisant la Science et l'Agriculture. Ce groupe est incontestablement magnifique : c'est une conception large, harmonieuse, grandiose. Mais ce n'est pas cette portion, la plus importante pourtant, de la décoration du pavillon, qui attire surtout les regards et appelle l'admiration.

C'est Flore elle-même qui charme plus particulièrement les yeux, Flore souriante et enjouée, se tenant, le corps gracieusement replié, au milieu d'une ronde de joyeux enfants. Quelle souplesse dans ces membres exquis ! Quelle vie dans ces chairs ! Quelle adorable expression dans ce visage tout inondé d'un rire communicatif ! Ce bas-relief accuse tant de mouvement, qu'on le dirait prêt à fuir de son cadre et à s'élancer dans la Seine.

La statue du *Prince impérial* est modelée avec cette hardiesse et cette vigueur qui caractérisent le talent de M. Carpeaux ; et cependant, sous cette apparente rudesse de l'ébauchoir, on voit apparaître la distinction et la finesse si manifestement répandues sur le visage de l'Enfant de France. Il y a dans la pose un petit air de crânerie qui sent le caporal de grenadiers de la garde ; mais il y a

en même temps cette infinie douceur et cette suprême
bonté qui rappellent le fils de l'Impératrice Eugénie.

M. **G. Cranck** expose aussi un *modèle de fronton*,
celui de la manufacture de Sèvres : deux femmes fort
belles, fort dignes, mais froides.

Le *portrait de Mlle de Malakoff* est très-remar-
quable par la délicatesse d'exécution. La petite coiffure est
simple comme l'enfance, un bouton de rose et une lé-
gère résille. Tous les détails en sont admirablement
traités.

M. **Cordier** nous a donné un nouvel échantillon de
sa sculpture polychrome, pour ne parler que de la variété
des tons : sa *femme arabe* a la tête, les bras et les pieds
en bronze ; la tunique, c'est-à-dire le reste, est en onyx ;
l'amphore qu'elle soutient a un cercle émaillé. C'est très-
riche, mais c'est toujours très-drôle.

La *Femme transtevérine*, du même auteur, a les formes vigoureuses d'un lutteur ; elle pose pour l'Hercule :
c'est un type de femme solide et robuste, sans expression
dans la figure.

J'aime beaucoup les deux terres cuites de M. **Doublemard :** Mme Sarah-Félix se montre avec sa bonne
et intelligente figure, et de ses lèvres fines s'échappe
comme un souffle qui donne la vie à toute cette riche
carnation. Coquelin est, j'ose dire, plus vivant encore ;
un imperceptible et malin sourire rayonne sur toute la
physionomie du célèbre acteur et lui donne son expression propre.

Il y a beaucoup de science dans la *Tête de vieillard*, exposée par M. **Louis Auvray.** Ces chairs sont bien naturelles ; elles tombent flasques et sèches comme si la vie s'en retirait. C'est une œuvre bien étudiée et bien rendue.

M. **Bieruyek** a envoyé un groupe allégorique : *Lille et les communes annexées*, un projet de fontaine. Je vois énormément de confusion dans ces quatre personnages pressés l'un contre l'autre. La ville de Lille m'a un peu l'air d'une criminelle qu'on est en train de conduire en lieu sûr. Wazemmes lui met la main sur l'épaule, Moulins lui saisit la main droite, et Esquermes lui coupe la retraite par derrière. Des gendarmes vieillis sous le baudrier ne prendraient pas mieux leurs précautions.

M. **Delétrez** a un médaillon et un buste, deux bons portraits de vieillards.

M. **Huidiez** nous présente un portrait qui ne manque pas de finesse

La *Tête d'étude* de M. **Truffot** est insignifiante ; je ne vois pas bien de quelle étude il peut être question.

———

Les travaux de nos architectes ont une certaine importance.

M. **Devrez** nous donne six dessins retraçant l'intéressante restauration du Mont Saint-Michel, le Mons Jovis des Romains. On sait que cette célèbre abbaye, dont la fondation remonte au vɪᵉ siècle, après avoir été saccagée en 1793 et avoir été transformée, en 1811, en maison de réclusion, fut rendue au culte par Napoléon III, en 1864. M. Devrez, architecte de goût et d'expérience, nous a fait assister très-clairement à cette dernière restauration.

M. **Droux** a fait un projet de palais d'exposition à construire au bois de Vincennes. C'est un beau travail, bien correct ; mais il manque absolument d'originalité, et je mentirais en disant qu'il pourrait remplacer avantageusement celui qui surgit en ce moment du Champ-de-Mars.

Nous trouvons de M. **Guillaume** des croquis de diverses peintures de Pompéï. Ces reproductions ont un intérêt archéologique pour un certain monde ; pour nous, qui ne portons pas le bonnet du savant, elles sont très amusantes. Il y a, par exemple, parmi ces peintures, celles du temple d'Isis, je crois, un sujet très désopilant : trois guerriers, casque en tête, bouclier au bras, lance au poing, se battent contre deux oiseaux, des ibis sans doute ; la lutte en est à ce point que l'un des guerriers est terrassé et que l'une de ses jambes disparaît déjà dans le bec de l'ibis victorieux. On comprend qu'une ville dont les peintres avaient tant d'esprit ne pouvait pas vivre longtemps.

Le travail de M. **Parent** montre sous deux aspects, moyen-âge et moderne, le talent sérieux de cet architecte. Après avoir admiré, sous ses quatre façades, le beau château d'Esclemont, à M. de Larochefoucauld, duc de Bisaccia, on regarde non sans plaisir les élégantes constructions projétées pour la place Vauban.

Les six dessins du Parthénon, de M. Moyaux, pensionnaire de l'Académie de France à Rome, prouvent non seulement que cet artiste travaille avec persévérance, mais surtout avec intelligence, ce qu'indique assez la source à laquelle il va puiser ses moyens d'étude.

—

Nous avons au salon deux représentants de la gravure, et des meilleurs.

M. Deswachez a exposé quelques spécimens d'illustrations pour les œuvres d'Alfred de Musset. Le burin lutte ici de finesse avec la plume du poète. Une lutte qui effraierait mille autres.

M. Leroy enrichit la calcographie du Louvre du facsimile d'un portrait de femme dessiné par Léonard de Vinci. Le ministère des Beaux-Arts a bien placé sa commande.

———

III.

Le mot de la fin.

J'ai terminé ma tâche.

Comme ces pauvres qui se montrent fiers de leur honnêteté, parce qu'ils n'ont que çà, je pourrais dire bien haut : si je n'ai pas brillé, j'ai montré de la conscience.

Certains artistes, à qui personne n'a dit la vérité, mécontents de mon jugement, soutiendront peut-être que je me trompe, et de beaucoup.

Je les plaindrais de tout mon cœur. En écoutant la critique, en ne la repoussant pas de parti pris, ils pourraient arriver plus vite à faire mieux. En se figurant que leur talent est à son apogée, ils resteront forcément dans une triste médiocrité. Rejeter la critique, c'est avouer qu'on ne peut pas aller plus loin, c'est confesser implicitement son impuissance.

On a bien plus de confiance en l'artiste qui répond au critique : « Parbleu ! je sais tout aussi bien que vous que je n'ai pas atteint la perfection ; je vois très bien mes côtés faibles. Revenez l'année prochaine, et vous verrez ! »

Je veux bien supposer que tous ceux à qui j'ai pu être désagréable me donnent pareil rendez-vous. Je l'accepte. Donc, au Salon prochain.

On dit, du reste, que tous les artistes nous ménagent, pour cette fameuse année 1867, des surprises qui feront époque. A croire la moitié de ces on-dit, chaque peintre nous apporterait un chef-d'œuvre.

Un mot sur les médailles, et je me tais jusqu'à ce qu'ait sonné cette heure mémorable.

Quatre de nos peintres ont été récompensés. Ce sont MM. de Coninck, Carolus Duran, Harpignies et Sain. Que l'on veuille bien se reporter à mes appréciations sur les œuvres de ces artistes, et l'on avouera peut-être que mes articles renfermaient le pressentiment de la conduite du jury. Voilà quatre médailles dûment conquises. C'est justice.

Mais la justice, selon moi, est incomplète. J'avais affirmé —avec tout le monde, artistes et journalistes — que l'auteur du *Bernard Palissy à la Bastille* aurait également une médaille. Il devait l'obtenir, en effet, beaucoup plus

facilement que les vingt derniers lauréats, et aussi facilement que quinze des vingt premiers. Le jury s'est grave-
ment trompé, en faisant attendre de nouveau une récom-
pense à un artiste qui la mérite si évidemment depuis
quatre ans au moins, et qui en était si digne surtout cette
année.

Je sais que la médaille de M. Coroenne n'a tenu qu'à
une voix. C'est un cheveu fatal. Ceux dont la voix a manqué n'ont pas vu, n'ont pas voulu voir le tableau, j'en
réponds. Une minute d'examen eût entraîné l'unanimité,
j'aime à le croire pour le goût des jurés.

Les médailles d'honneur n'ont pas été votées. Ou plutôt
elles l'ont été beaucoup trop. Cela rappelait le ballotage
de Jules Janin à l'Académie. Tous les artistes votants ayant
voulu obtenir ces quatre mille francs, on ne les a donnés
à personne. Une économie bien placée. Un des nôtres, M.
Carpeaux, a brûlé dans ce colin-maillard artistique, où
tous les joueurs avaient les yeux bandés.

Encore un morceau du règlement à croquer. Encore un
article à la mer.

Ce règlement touche à son dernier article — à celui
de la mort.

Quand ce jour sera arrivé, tous les peintres qui voudront exposer — exposeront.

Et ceux qui voudront être médaillés — se mettront
commissionnaires.

Deuai. — Imp. L. Crépin, rue des Procureurs, 30 et 32.

www.ingramcontent.com/pod-product-compliance
Lightning Source LLC
Chambersburg PA
CBHW071255210626
46818CB00013B/1454